비물질

비물질

이현호

POET

아시아

차례

비물질

제1부

사랑의 발명

광학기기를 발명한 이들은 사랑에 빠져 있었겠지

그 사람의 아주 사소한 것 하나까지 보고 싶은 마음이
현미경을 만들고

함께 있는 시간을 멈추고 싶은 마음은 카메라를 만
들고

당신이라는 천체, 그 비밀을 밝혀 멀리 더 멀리까지
환해지고 싶은 마음은 망원경을 만들어

그의 몸짓 하나 눈빛 한 점 허투루 흘려보내지 않고

순간은 영원으로 기억되고

우리는 우리가 갈 수 있는 가장 먼 미래까지 함께 가
고 싶었던 맹목으로

당신이라는 렌즈를 통해서만 보이는 세계

당신에 비하면 모래알만 한 가치도 없는 세상은 당신

이라는 블랙홀로 빨려들고

　　볼록렌즈가 햇빛을 한 점에 모아 불을 붙이는 것처럼

　　그 불이 모든 것을 잿더미로 만들지라도

　　사랑은 광학기기를 발명했겠지 한 사람을 위해

만약 사랑이란 게 정말 있다면

그것은 내가 사랑하는 것이다

그것은 아껴 부르는 이름이고

그것이 뒤돌아볼 때

우리는 사랑하고 있다고 믿는다

우리는 그것을 버리기도 한다

그것은 우리를 떠나기도 한다

그럴 때 우리는

우리가 서로의 악마가 되는

모든 일이 벌어질 수 있다

그것은 우리가 사랑했던 것

추억이 사랑할 이름이다

사랑하고 사랑했고 사랑할

그것 없이 사랑은 없다

그것 없는 사랑은 없다

누가 사랑에 대해 물으면 나는

그것, 이라고 대답한다

그러면 당신은 알아들었다는 듯이 고개를 끄덕인다

그것이 정말 있다는 듯이

그것에 대해서라면 잘 알고 있다는 표정으로

우리는 괄호의 바깥에 서서

괄호 안으로 그것을 던진다

미래의 천사

　냉장고에 딸기가 있었다 어디서 왔는지 모르겠는 그
것은 붉고 싱싱하고
　나는 배가 고팠다 딸기를 좋아했던 것 같다

　정신을 차렸을 때 접시 위에는 푸른 꼭지만 흐트러
져 있었고
　나는 걱정해야 할 것을 걱정했다
　누굴까 붉고 싱싱하고 곳곳에 까만 씨가 박힌 마음은

　꼭지만 남은 접시를 그에게 공손히 내밀며
　사실은 이게 딸기야, 라고 말하면
　우리는 새로운 딸기를 시작할 수 있을까

딸기는 원래 이런 거야 초록색이고 먹을 게 없는 과일
이지
　　그가 이제야 알았다는 듯이 머리를 긁적이면
　　그렇게 우리는 새로운 딸기를 낳은 것일까

　　언제나 제 온도를 지키고 있는 냉장고 안
　　꼭지를 곱게 펴놓은 접시를 넣어둔다
　　과육을 잃은 딸기는 더 오래 시들지 않겠지

　　왜일까 갈래갈래 찢어진 초록을
　　여기 두고 간 마음은

계시

고양이의 몸놀림은 꼭 붓놀림 같다
살그머니 움직일 때는 신중한 운필
우다다 뛸 적에는 일필휘지
보이지 않는 손이 고양이를 붓털 삼아
방에 무엇인가 적고 있는 것만 같다

허공에 손가락으로 써보는 글씨처럼
파도가 돌아오는 모래사장에 찍는 발자국처럼

방 한곳에 웅크린 고양이는 마침표 같다
그림의 맨 나중에 그려 넣은 눈동자 같다
정성스레 털을 고르는 고양이는
붓을 씻고 있는 것만 같다

붓을 씻은 물통에 먹물이 번져가듯이

적막에 물들어가는 방에는
발목에 몸을 부비는 말씀이 있다

이 방에 인간적인 것이라고는
고양이밖에 없어
내가 야옹야옹 울어야 할 것만 같다
밥을 보채는 고양이같이 울면서
이제는 깨우쳐야만 할 것 같다

한 컵의 쌀을 씻어야 될 것만 같다

비로소 선명해지는 것들

두 개의 그림자가 흔들렸던 것 같다
잘 기억나지 않는 꿈속의 일이다

늦도록 산책을 하고 일찍 자리에 누웠다
꿈속에 누군가를 두고 온 것 같아서

그렇게 깜깜한 잠은 오랜만이었다

꿈을 꾸지 않은 것인지
새까만 세상을 꿈꾼 것인지

젖은 눈가를 비비며 생각했다
누군가 꿈 밖에 나를 흘리고 간 것 같았다

일어나야지, 창문을 열자

아직 밤이 가시지 않은 것인지

어둠 속에 얼마나 많은 그림자가 보이지 않았다

야생

꿈에서도 울었다
잠을 깼을 때는 배가 너무 고파서
눈물로 밥을 지을 수도 있었다

슬픔은 인간의 집에 내려오는 멧돼지 같은 것
그 어금니로 헤쳐놓은 감자밭처럼
모조리 뽑고 부러뜨린 옥수숫대처럼
쑥대밭으로 폐허로 만드는 것

용기를 갖자 밥도 잘 챙겨 먹고
짓뭉개진 밭에서 몇 알의 성한 감자를 고르며
쓰러진 옥수숫대를 일으켜 세우며
밀알 같은 눈물을 흘리는 우리가 꿈속에 있다

굶주린 멧돼지는 다시 인간의 집을 찾고
우리를 꿈에서 건져줄 신은
스스로 만든 꿈속을 헤매고 있는 듯했다

억센 털을 바짝 세우고 씩씩거리며
뒷발을 구르는 멧돼지와 마주쳐서
피할 생각도 못하고 온몸이 얼어붙어서
돌진해 오는 슬픔에 갈비뼈가 산산조각 나는

오늘밤도 울면서 꿈을 꾼다
이런 날은 앞으로도 얼마든지 널렸고
멧돼지도 우리도 언제까지나 배가 고플 것이어서

봐라, 슬픔이 온다

한여름의 성무일도(聖務日禱)

모기와 나는 절친합니다. 내 방에는 우리 둘뿐입니다. 나의 지구, 나의 달. 내 탁한 숨결을 타고 위성처럼 나를 맴도는 이가 싫을 리 없습니다. 눈보라를 뚫고 달리는 썰매개처럼 오면 좋겠지만, 그에게는 빼어 물고 달릴 혓바닥이 없고. 나는 잠옷을 조금 더 추켜올려줍니다. 못 박힌 듯 누워 옷을 벗고 앵앵거리는 천장을 올려다봅니다. 그의 먼 조상 중에는 예수의 피를 마신 이도 있겠지요. 그는 신의 아들과 먼 친척뻘일 것입니다. 나는 어쩐지 평안한 마음이 되어. 개썰매를 탄 사람처럼 잠 속으로 달려갑니다. 눈을 뜨면,

손바닥에는 검붉은 얼룩 한 점과 구겨진 날개 그리고 쌀알만 한 무(無)가 있겠고, 부어오른 살을 나는 이 우주가 끝나는 날까지 긁어댈 것입니다.

개량

양의 털은 계속 자란다

털이 잘 자라는 양들만을
오래도록
내리 짝지은 것이
우리가 아는 지금의 양

양의 털은 숨 쉬듯이 자라고

뜯어 먹은 풀은 털이 되고
멈출 줄 모르는 털은 눈을 가리고
다리를 뒤덮고 마침내
온몸을 짓누르는

양의 털은 끝없이 자라고

제 털의 무게를 견디지 못하고
추락하는 뭉게구름
꼼짝없이 주저앉는 양
내가 나를 움직일 수 없는 털 뭉치

아직도 양의 털은 자라고

털을 깎아주는 손길을 벗어난 양은
서서히 죽어간다
누군가 떠났다

너를 떠날 수 없는 나를 만들어놓고

양의 털은… 자라난다

양 한 마리가
목이 뜯긴 풀들의 밭에 누워
메에메에 운다
울음의 무게에 질식하고 있다

한겨울의 성무일도(聖務日禱)

설원에서 조난을 맞는다면 몸 위로 눈을 두껍게 덮을 것입니다 그런 인간입니다 나는 오늘도 종일 이불 속입니다 이불에 담겨 나는 나에게 돌아갑니다 체온이 이불을 데우고 이불이 다시 체온을 덥히는, 이 자가발전하는 우주에서 하느님도 나를 건질 수 없습니다 이불을 이마까지 당겨 덮으면 이 깜깜함이 내 하늘입니다 발끝부터 머리끝까지 그런 인간입니다 나는 이불에게 내밀한 온기를 들켜도 도무지 부끄럽지 않습니다 이것이 사랑일까요 설원에서 밤을 만난다면 부끄러움도 없이 알몸 위로 설산을 쌓을 것입니다 체온이 눈을 녹이고 눈석임물에 떨면서 다시 몸 위에 두텁게 두껍게 눈을 맞을 것입니다

복숭아벌레를 먹는 저녁

머리 까만 벌레가 꿈틀거린다

복숭아를 한입 베어 물고서 보니

"복숭아벌레를 먹으면 미인이 된대."

얼굴이 뽀얀 사람은 웃으며

불을 *끄고*

우리는 미인이 되어갔다

복숭아 먹는 소리만 들리는 방에 있으면

저기 어딘가 다른 세상에서 누군가

복숭아 향이 가득 번진 저녁을

베어 먹고 있는 것만 같았다

어둠 속에서는 모두가 아름다웠다

열린 결말

방금 읽은 소설은

주인공이 눈 덮인 삼나무숲으로 걸어 들어가며 끝

난다

책을 덮고 고개를 들자

눈앞에 삼나무들이 끝도 없이 늘어서 있었다

숲은 언제까지나

언제까지나 끝나지 않을 것처럼 보였다

언제부턴가 나는 문 닫은 방 안에 살았으니까

여기는 어딘가의 속이었다

꿈속이거나 상상 속이거나 소설 속이거나 아니라도

어떤 삶 속이겠지 모든 것은

그리고 눈이 내렸다

눈이 내린다

나는 이미 정해져 있던 것처럼
걸어가야 할 것만 같았다
잠시 예감이 틀리기를 바라며 가만히
눈을 맞으며 서 있었다
이곳이 신이 오래전에 다 읽은 책이 아니라면
누군가 책을 펼치듯 방문을 연다면

눈이 내리고 있었다
깊은 발자국 같은 삼나무들

비물질

영혼이 정말 있어서
공기같이 손끝으로 스윽 가를 수 있는
반죽같이 반쯤 툭 떼어내도 안 아픈
비물질이라면

밤새 작은 돌멩이로 창문을 두드리는 사람의
참을 수 없이 물질이 되고 싶은 마음으로
영혼의 절반쯤 쭉 뽑아 벼락처럼 날려 보낼 텐데

네 방 한편에 꽂힌 그 영혼은 비물질이라서
너는 너도 몰래 그 속을 지나치기도 하고
그럴 때마다 영혼은 조금씩 불그레 자라
빛들은 이제 조금 더 높은 곳에 내려와 앉고

밤은 왠지 모르게 사소하게 더 밝아져서

그런 밤은 무심코 이쪽을 바라보는 눈빛
그 생생한 비물질의 힘으로
누가 한입 베어 먹고 버린 사과 같은 영혼은
심장을 꼭 닮은 열매를 맺기도 하고
열 손가락의 달빛 그림자를
모로 누워 자는 등에 커다란 날개같이 얹으면

인제 세상에는 아무 시(詩)도 필요 없어
살아 숨 쉬는 한 명의 시
신이 한입 베어 먹고 버린 세계의 빈자리로
물질의 꿈 비물질의 살이 차오르고

그런 새벽은 기도를 그치는 영혼이

영혼을 그치는 기도가 있어

아침 창문을 열고 날아가는 천사를 봐도

하나 놀라울 것 없는

영혼이 정말로 있어서

제2부

액션

창밖 가로수는 가로수를 하고 있다

저 나무들은 언제부터였을까 꼭 나무같이 서서 잎을
흔들고

새는 새를 하려고 날아가서 보이지 않는다

카페 유리창은 언제까지일까 제 속을 훤히 내비치고

하염없이 네 발로 바닥을 짚고 있는 의자들

그 위에서 심장들은 심장으로서 뛰고 뛰고 또 뛰고

문은 문이니까 계속 열렸다 닫히기를 그치지 않는다

이 오후의 한가로움도 평온이라서

사람들은 식어가는 커피를 마시며 모두 잘 지내고
있다

실례합니다라는 말도 없이

저녁은 저녁을 하러 오고

나는 나여서

비스듬히 턱을 괴고 있는 자세를 바꾸기 두려웠다

그네가 있는 어린이 놀이터

그네 하나는 두 아이가 탄다 쇠줄 하나씩을 끌어안고 자그만 밑신개에 등을 맞대고 앉았다 게걸음을 맞추며 깔깔거리고 있다 기껏해야 서로 등이나 붙이고 흔들리며 웃는 일밖에 없다는 것을 이미 알고 있나 보다 다른 그네에는 아이가 밑신개에 배를 깔고 엎어져 있다 자꾸 굽혀지는 무릎을 탕탕 펴며 허공에 두 팔을 뻗는다 날고 싶은가 보다 벌써 땅에서 멀어지고 싶은가 보다 또 다른 그네의 아이는 제자리에서 외곬으로만 돌고 있다 꼬일 대로 꼬았던 그넷줄이 빙그르르 풀리는 재미가 좋은가 보다 주마등처럼 스쳐간다는 말을 어디서 배웠을까 나는 비어 있는 그네에 앉는다 쭉 뻗어본 다리가 화살촉 없는 화살 같다 놀이터에서는 금방 배가 고프다 내가 어릴 적 살던 동네는 얼기설기한 골목이 놀이터였는데 그

38

때 걸렀던 끼니가 되돌아오는가 보다 홀로 흔들리는 빈

그네는 허기가 허기의 등을 밀어주는가 보다

일요일

유치원 아이들이 아침을 깨운다. 밤사이에는 매미와 적막이 번갈아 울었다. 지금 창밖에는 어젯밤 나를 피하여 달아났던 도둑고양이도, 정자에 배를 드러내고 누워 자던 노인도 간데없다. 노란 유치원 안으로 사라지는 아이들.

삶은 죽음의 식민지 같다.

동물 다큐멘터리를 보며 밥을 먹는다. 독수리는 제가 누리던 하늘을 내려놓고서야 산다. 생의 가장 낮은 고도에서 먹이를 낚아채고, 다시 하늘로 돌아간다. 독수리 발톱 사이에서 초신성처럼 폭발할 듯 빛나는 토끼의 눈.

그래도 지구는 돈다.

오늘밤도 노인은 정자에 배를 까고 드러누워 잠꼬대를 하고. 도둑고양이가 슬며시 그 옆을 지나간다. 매미 울음소리와 적막이 꺼졌다 켜지고. 내일은 샛노란 아이들이 내 감긴 눈을 깨울 것이다. 이 지루한 다큐멘터리를, 신은 왜 계속 찍고 있을까.

　여기에 너무 오래 머물렀다. 나라는 망명지.

돌이킬 수 없는

"밝은색 셔츠가 잘 어울릴 것 같아."
그래서
큰마음 먹고 산 셔츠에

국물이 튀었다 아무래도
지워지지 않는다
입고 나가지도 버리지도 못하고

나도 모르게 거울 앞에 서 있는 나는
밝았었던
셔츠만을 걸치고 있는 나를 본다

나랑 밝은색이랑 셔츠를 이어준 최초의 사람

최후의 사람, 너는

최초의 최후, 최후의 최초

"일부러 얼룩을 묻히는 사람은 없어."

그래도

어쩔 수 없는 일이 어쩔 수 없이 벌어지고

마음을 빨래하기라도 한듯이

빨아버렸는지

너는 새 옷 같은 마음을 입고

푹푹 삶아도 본 셔츠에는

돌이킬 수 없는 얼룩이 남고

그래서

그래도

눈은 마음의 거울

그 속에

슬픔의 풀을 뜯는 마음은 산다, 울음을 마시는

뿔이 긴 마음이 산다

바깥을 내다보며 뒷발질하는 마음 몇 마리

불운이 떠 있는 하늘 아래

푸푸 더운 콧김 쏟으며

갈기갈기 가지 친 뿔을 갈고 있다

누군가의 손끝에 닿는 것만으로도 목 놓아버리는 우

기가 오면

투명한 울타리를 줄지어 넘어

물길을 내는 마음 떼

슬픔은 멀리 갈수록 높이 나는 연(鳶)이라는 것을

울음보는 하염없이 허물고 되세우는 보(洑)라는 것을
가장 뿔이 긴 마음은 알고 있다

마음을 먹이는 불행이 다시 긴 휘파람 불면
저도 몰래 뿔 갈이 한 마음들
번히 밝아진 유목길 되돌아와
갈래갈래 가려운 뿔을 눈알에 긁는다
조금 두터워진 울타리를 건너와
새로 돋는 슬픔과 차오르는 울음, 그 불행의 이바지를
구름처럼 말없이 씹는다

눈물이 얼굴을 핥아주고 간 길에는
굽이 높은 마음 떼의 발자국

떨어진 뿔들 달그락거리는 소리

우는 사람이 손등으로 눈 비비는 것을 보면

그 속에

갈가리 찢어진 뿔을 기르는 마음은 들어앉아

오랜 건기에 깨어진 눈동자를 앓는 밤에는

또다시 살기 위해

거울에 비친 제 눈을 들여다보는

뿔 달린 마음이 있다

클리셰

이별하는 순간에 내리는 비라니
싸구려 영화 같다
연기 못하는 배우도 이런 빗속에서는
충분히 슬퍼 보인다
슬퍼 보인다 충분히

뒤돌아가는 얼굴을 깨무는 빗방울들
도로에 지붕에 유리창에
표정을 부서뜨리며 비는 웃는다

언제 내리나 비는
내리고 싶을 때

우두커니 흠뻑 젖은 사람도 이런
빗속에서는 젖을 데가 남았나 보다
언제까지나 등신처럼 빗속이다
백 번쯤 본 드라마 같다

스스로의 무게를 견디지 못하고
자신을 놓아버리는 빗방울에
기어코 녹슬어버릴 것 같은 사람
최악이다, 욕을 하면서도
끝까지 보게 되고 만다

언제 그치나 비는
눈을 감을 때

안녕

꿈에 친구와 놀았다. 우리는 아침부터 밤까지
누구라도 금세 잊어버릴 만한 사소한 일상을
함께했다. 밥을 먹고, 걷고, 앉아서 쉬기도 하며
울었다. 꿈이어서 숨도 차지 않는 울음을 계속
"거기서는 행복해?"
"아니."
십수 년 전 스스로 물에 들어가 나오지 않은 친구였다
죽은 친구는 귀신이 아니라
친구인데 그저 죽어 있을 뿐
꿈속에서도 우리는 알고 있었다
모든 것이 아니라는 것을

히어로

정지해 있는 것들이 진입금지를 완성하고 있다. 나는 지뢰를 발견한 수색병처럼 멈춰 서서. 세계의 질서를 지탱한다. 진입금지 도로를 거슬러 온 차가 나를 지나쳐 모퉁이로 사라지고. 진입금지 도롯가 유치원에서 아이들이 쏟아져 나오고. 유모차가 화살표 중간에 가위표가 쳐진 진입금지 표시를 밟고 가지만. 나는 천년 뒤에도 그럴 것처럼 꼼짝없이. 이곳이 진입금지라는 것을 증명한다. 가로수에서 새소리가 경고음처럼 울려 퍼지고. 먹구름이 어느새 진입금지 도로 끝에 있는 지붕 위를 지나고 있지만. 나는 지금 금지되어 있다. 내가 진입하는 순간 세상은 허물어진다. 나는 세계에 빛을 지운다. 당신은 진입금지를 건너는 동안

두 마음

한 마음이 있었다 함께 한 마음 있었다

비록 마음이었지만

한 마음은 한 마음을 있게 했다 한 마음은 한 마음 곁
에 있었다

비록 마음일 뿐이었지만

한 마음은 한 마음 때문에 살았다 두 마음은 한마음으
로 뛰었다

비록 마음일 따름이지만

한 채의 밤을 덮고 한 자루 초를 켜던 두 마음이 있었다

비록 마음이라지만

한 마음이 떠나자 한 마음은 묵정밭이 되었다 한 마음이 사라지자 한 마음은 깨진 그릇이 되었다

비록 마음뿐이지만

마음의 우리가 우리의 마음일 때가 있었다

비록 마음이지만

이 밤에 어디를 갔다가 오느냐고

누군가 골목에 버려놓은 소파를, 엎드려 우는 사람으로 착각하고 놀란다. 그것은 환상이 아닌 환감(幻感). 누가 거기 있는 기분, 있었다는 느낌. 그러나 소파는 버려진 사람이 아니다. 그것은 12월에 보는 11월의 운세처럼, 다시는 앉을 수 없는 삶의 자리 같은 것. 슬며시 나타났듯이 그렇게 사라져버릴 것들.

"쥐구멍에도 볕 들 날이 있습니다." 자정과 함께 스마트폰에 도착하는 오늘의 운세. 매일 되풀이하는 밤의 산책이란 이런 것이다. 11시 59분에서 12시가 되는 1분 동안 운명은 탈을 바꿔 쓰고, 그렇게 낯설어진 운명을 기대하며 현관문 앞을 서성이는 일. 저 문 너머에서 엎드려 울 사람이 없기를 바란다.

어둠은 가구 같다. 집 안의 어둠은 이제 내 몸에 맞게 길들여진 소파 같은 것. 나는 오늘의 운세를 위해 전등 스위치를 더듬는다. 다 알면서도, 불을 켜면 괜히 집 안을 한 바퀴 둘러보게 된다. 쥐구멍에 인조 가죽 같은 빛이 덮인다. 눈앞에 없는 당신만큼이나 명백한

그것은 실상이 아닌 실감
감은 눈으로도 만질 수 있는
마음의 냄새 같은 것

야식증(夜食症)

새가 죽어서 새장을 버렸다
물고기가 죽어서 어항을 버렸다
다시는 못 키울 것 같아

마음을 버린다
여기에 살던 무언가 죽었다

참지 못할 새벽

새장과 어항을 내다 버린 곳에서
누군가 신문지로 곱게 싸서 버린
이 빠진 밥그릇을 주워 온다

깨진 밥그릇에 밥을 꾹꾹 눌러 담고

죽은 새와 물고기를 먹는다

가장 바깥의 얼굴로

엔딩 크레디트

누군가 던진 돌이

밤의 저수지에 만든 파문처럼 흘러가고 있다

일어나야 할 때를 알 수 없었다

저 이름들을 끝까지 지켜봐주어야 할 것만 같아서

내가 뒤돌아서면 물거품같이 모든 것이 사라질 듯이

잊지 않는다는 것은 정말 영화 같은 일인데

비상구에서 나타난 직원이 청소를 시작하자마자

나는 기다렸다는 듯이 서둘러 일어난다

뭔가를 들킨 사람처럼

깊은 잠수를 마치고 떠오르는 기분으로

한 번도 끝을 보지 못한 나를 침몰선처럼 남겨놓은 채

영원한 산책

조금만 더 같이 걷자
언젠가 네가 그렇게 말해서
여전히

걷고 있다
그 다정한 한마디가

조금만 더 같이는 얼마큼인지 알 수 없어서
조금만 더는 시간일까 거리일까, 같이는 온도일까 느
낌일까
얼마나 조금 더 있어야 너와 나는 같이가 되는지
얼마나 같이 있어야 우리는 조금 더가 되는지

걷자는 말, 그 말에 대해서라면 그저 걸을 수밖에
걸음이 달리기가 되지 않게 천천히
그러나 너무 멀리 가지는 않도록

정전(停電)처럼
다정한 한마디가 나 너 당신 그대 우리를
부를 때까지

시인 노트

아름다운 문장을 만나면,

달리 쓸 수도 있었겠지만 끝내 그렇게밖에 적을 수 없었으리라는 생각이 든다.

더는 손댈 수 없는 문장. 하나의 유기체로서 단어를 더하거나 빼거나 바꿀 수 없는 문장. 말의 아귀가 딱 들어맞는 문장. 토씨 하나만 달라져도 카드로 쌓은 집처럼 와르르 무너지는 문장. 팽팽히 당겨진 고무줄 같은 문장. 문장부호 한 점을 넣거나 빼는 것만으로도 툭 숨이 끊기는 문장. 낱낱의 말이 다릿발처럼 세워진 문장. 징검돌 하나를 조금만 옮겨도 발을 헛딛는, 징검다리같이 이어지는 리듬의 문장. 도무지 무엇 하나 건드릴 수 없는 아름다운 문장들.

아름다운 문장은 더 이상 어떻게 할 수 없어서 아름답다. 아름다운 것들이 그렇다. 말이 안 된다는 걸 알지만, 모자람과 추함마저도 어찌할 수 없다면 아름답다. 여기까지 쓰고, 나는 다 어쩔 수 없었던 일이었다고 읊조린다. 내 안은 내가 잃어버리고 놓쳐버린 것들, 나를 스쳐 지나간 것들의 흔적으로 가득하다. 거기에는 다시는 뒤돌아보지 않는 당신의 뒷모습도 있다. 나는 그것들 앞에서 늘 어쩔 줄 몰랐다. 어쩌지 못하는 나를 나는 어쩔 수 없었다. 속수무책.

지금의 모든 걸 어쩌지 못한 채 맞게 될 미래도 어쩔 수 없다.

시인
에세이

대왕고래는 지구상에서 가장 크고 무거운 동물이다. 평균적인 몸길이는 24~33미터 정도인데, 이제껏 발견된 개체 중에서 가장 컸던 것은 33.58미터에 무게는 190톤까지 나갔다고 한다. 아파트 한 층 높이가 대략 2.5~3미터쯤 되니 10층짜리 아파트가 바다를 헤엄치는 셈이다. 나는 창밖으로 보이는 아파트를 한 층 한 층 손가락으로 짚으며 세어보다가 다시금 놀란다. 저토록 어마어마한 크기의 생명체가 나와 함께 이 지구에 살고 있다는 것이 실감나지 않는다.

대왕고래가 지구상에서 제일 크고 무거운 동물이라면, '창백한 푸른 점(Pale Blue Dot)'이라고 불리는 사진은 역사상 가장 유명한 우주 사진이다. 1990년 2월 14일 미국항공우주국 나사의 태양계 탐사선 보이저 1호가 지구로부터 60억 킬로미터 떨어진 먼 우주에서 지구를 촬영한 것이다. 너무 작아서 자세히 보지 않으면 찾을 수도 없는 점 하나, 미국 천문학자인 칼 세이건의 말대로 머나먼 우주에서 돌아본 지구는 "태양빛 속을 부유하는 먼지의 티끌" 같다.

내가 평생을 걸어도 다 닿지 못할 이 크나큰 지구가

우주에서 보면 티끌에 불과하듯이 대왕고래도 그가 사는 바다에 비교하면 작디작은 존재다. 크면서 작고, 작으면서 큰 것들. 대왕고래와 창백한 푸른 점을 생각하면, 나는 그것들이 꼭 기억을 닮은 듯하다. 정신의학자인 칼 구스타브 융의 말을 빌리자면 "알지만, 지금 이 순간에는 생각하지 않는 모든 것. 한때 내가 인식했지만 지금은 망각된 모든 것"인 거대한 무의식의 세계에서, 불쑥 화산섬처럼 솟아나는 기억.

지구는 '창백한 푸른 점'이지만, 거기에 모든 인류가 살았고 또 살고 있다. 그들이 겪었고 겪을 모든 것이 그 점 하나에 있다. 내게는 어떤 기억이 그렇다. 무의식의 바다에는 내가 살면서 보고 듣고 느낀 전부가 잠들어 있을 테지만, 내 삶이 서 있는 곳은 어느 때고 홀연히 떠오르는 한 조각의 기억이다. 그 기억 속의 얼굴, 그 얼굴을 스치는 한순간의 표정이다. 좌초된 배를 끌고 가는 예인선처럼 하나의 기억이 자꾸 주저앉으려는 나를 이끌어간다. 기억 속의 너는 나의 창백한 푸른 점이다.

고래는 종종 수면으로 올라와 숨을 쉬지 않으면 살 수 없다. 깊은 바닷속을 헤엄치다가 이따금 숨을 쉬러 수면

위로 떠오르는 고래처럼, 어떤 기억은 그렇게 되살아난
다. 그 기억은 살아 있어서, 내가 애써 잊으려 해도 스스
로 살아남기 위해 망각의 심해에서 솟아오르는 듯하다.
어쩌면 제가 살기 위해서가 아니라 나를 살리려고 그러
는 것인지도. 너는 내 무의식 속의 고래 혹은 고래의 등
한가운데 난 숨구멍. 언제 보아도 물 위로 올라온 고래
가 숨을 쉬며, 숨구멍으로 물을 뿜는 장면은 아름답다.

　오늘은 우연히 고래 사진을 보다가 네가 떠올랐다. 지
킨 약속이 있고, 아직 지키지 못한 약속이 남았다. 안녕,
친구. 우리의 기억 앞에서 나는 창백하고,

　너는 푸르구나.

발문

사랑이라는 발음

박동억

한 사람이 한 사람을 그리워하며 시를 쓴다. 이현호 시인의 시를 이루는 이 단순한 사실이 곧 그의 시를 이루는 특별한 구도를 만들어낸다. 그의 시는 곧장 독자에게 말 건네는 것처럼 보이지 않는다. 대신 시인의 혀끝은 그가 사랑했던 누군가에게 먼저 향하는 듯하다. 때론 벅찬 가슴으로, 때론 슬픔이 잦아들 만큼 충분히 침묵한 뒤에 비로소 그는 먼 곳의 누군가를 향해 입을 연다. 우리는 단지 그 목소리를 엿들을 뿐이다. 그렇다면 우리가 바라보고 있는 것은 시인의 뒷모습이다. 이 시집에서 드러나는 것은 시인의 얼굴이 아니라 더욱 진실한 그의 뒷모습이다.

또한 우리가 그의 시에서 귀 기울여야 할 것은 말의

뒷모습 같은 것, 말끝의 떨림에서 들리는 간절함이다. 그는 당신의 사소한 흔적에서부터 당신과 함께한 사소한 순간까지 영원히 기억하고 싶다고 말한다. 또한 당신이 떠나간 뒤 울음의 무게에 질식해가고 있다고, 돌진해 오는 슬픔에 자신이 매일 밤 무너지고 있다고 토로한다. 이러한 뒤늦은 고백의 말과 함께 깊은 인상을 남기는 것은 자신의 마음을 되돌아보는 그의 반문들이다. 꼭지만 남은 딸기처럼 열매를 잃은 마음은 다시 자라날 수 있을까. 매일 저녁일 뿐인 저녁처럼 나 또한 계속 나인 채로 지낼 수 있을까.

이 슬픈 반문 속에 남겨진 한 사람의 모습을 확인하며 누군가는 사랑에 대해 회의적인 질문을 던질지도 모른다. 사랑이 사랑한다는 말을 전하는 것 이상이 될 수 있을까. 마음은 각자의 것이고 말은 말일 뿐이다. 누군가 사랑을 고백할지라도 그것이 맞은편의 사람에게도 같은 뜻, 같은 질감, 같은 시간을 의미하는 것인지 그들은 알지 못한다. 결국 사랑이라는 단어로 두 사람의 마음이 포개어질 수 없다는 사실 또한 이현호 시인은 잘 알고 있다. 사랑이라는 단어는 항상 부족하다. 사랑의 고백으로 사랑은 전해지지 않는다.

그러나 도리어 그러한 여백 때문에 우리는 매일 아침 새롭게 사랑을 발음하는 것이 아닐까. 이현호 시인은 그렇게 한다. 어떤 머뭇거림과 쓸쓸함을 담은 채 그의 혀끝은 사랑이라는 단어를 다시금 입 밖으로 밀어낸다. 애써 사랑이라는 발음을 반복한다. 우리는 그의 시에서 말의 어긋남을 메우는 방식을 확인한다. 그로부터 우리는 카메라와 망원경 등의 사물이 곧 당신을 바라보는 자세라고 번역하는 방식을 배운다. 서로에게 뒤돌아설 때도 우리가 사랑하고 있다고 말해보는 마음을 배운다. 사랑을 함부로 말하는 대신 '그것'이라고 바꾸어 말해보는 화법을 배운다. 당신과 함께 있다고 쓰는 대신, 복숭아 향이 가득한 어둠 속에서는 모든 것이 아름다웠다고 쓴다.

사랑은 파헤치고 해부되어야 할 무엇이 아니다. 그의 시는 조심스럽게 사랑을 감싸며 쥔다. 그렇게 간직한다. 어쩌면 사랑의 진위보다 진실한 것은 사랑이 끝난 이후에 손안에 남는 체온일지도 모른다. 영혼이란 그런 자세가 아닐까. 당신과 더는 만날 수 없는 순간에도 당신에게 향해 있는 지극한 뒷모습이야말로 우리의 영혼일지도 모른다. 자신이 이곳에 존재함에도 저곳에 닿기를 바라는 굶주린 마음이 비물질 또는 형이상학의 의미일지도 모른다. 적어도 이현호 시인의 시에서 영혼이나 마음이라는 단어는 항상 두 사람을 잇는 매듭으로 사용되고 있다. 이 시집에서 영혼과 마음이라는 단어는 한 사람을 가리킬 때도 언제나 두 마음에 이어져 있다.

홀로 있을 때조차 연인의 마음으로 세상을 보는 사람, 그 시선의 의의는 무엇일까. 하나의 철학적 고찰을 빌리자면, 알랭 바디우는 사랑과 혁명과 시를 동일 선상에 놓으며 그 모두가 주어지는 것이 아니라 마주칠 수밖에 없는 것이라고 말한 바 있다. 요컨대 사랑은 주고받는 관계 속에서 의미화할 수 있는 것이 아니다. 혁명이 아직 도래하지 않은 사건인 것처럼, 사랑하는 두 사람은 사랑이 무엇인지 모른다. 그들은 단지 불안에 떨며 사랑을 향해 나란히 설 뿐이다. 그들은 사랑이 어떤 사건을 초래할지 모를지라도 사랑이라는 단어를 함께 쥔다. 두 개의 혀끝이 사랑이라는 공동의 혁명을 나란히 발음한다.

마찬가지로 이현호 시인은 사랑이 초래하는 존재론적 불안을 강조하고 있다. 그리고 그 불안은 당신과의 마주침을 계기로 자아를 갱신하는 사건으로 옮아갈 수 있다. 그는 거듭 두 사람의 마주 봄에 관해서 말한다. 세상을 등지고 바라보았던 당신의 눈동자에 관해서. 당신의 눈에 비쳤던 자신을 벗어날 수 없다는 사실에 대해서 말한다. 결국 사랑할 때도 사랑 이후에도 당신의 눈동자 속이다. 그렇게 설원의 품 안에 기꺼이 조난 당하듯, 이미 끝이 정해진 슬픈 결말로 향할 때도 그는 사랑을 꿈꾼다. 그래서 그가 발음하는 사랑은 존재에 인내와 용기를 불어넣는다. 담대함과 너그러움을 소유하게 해준다. 따라서 우리는 이 시집에서 사랑이라는 단어를 반복하여 발음할수록, 그것이 사랑을 시련으로 삼아 자기 존재를 탈바꿈해가는 방식이 되는 것을 깨닫는다. 그는 얼룩처럼, 슬픔처럼, 악몽처럼 내리는 눈발 속으로 홀로 걸어 들어간다.

그런데 그 순간에도 유일한 등불은 당신이어야 한다. 더는 연인일 수 없는 사람, 하지만 그가 사랑했던 단어들을 떠올리고, 그 단어들을 믿어보고, 그 단어들을 다시 발음하는 것만으로 세상이 조금 밝아지는 순간이 있다. 빛바랜 추억일지라도 그것에 기대어 세상을 사랑할 수 있는 순간이 있다. 깨진 그릇처럼 남겨진 자의 마음 속에 무엇인가를 담아야 한다면, 그것은 당신이어야 한다. 그리하여 이 시집은 영화관의 엔딩 크레디트 앞에서 쉽게 돌아서지 못하는 뒷모습을 그린다. 끝내 당신과 조금만 더 걷겠다고 다짐하며 당신과 나란히 선다. 그렇게 당신을 통해 앞으로 견뎌야 할 시간과 거리와 온도와 느낌을 가늠한다. 당신에게 기대어 세상과 동행한다.

시인에
대하여

이현호의 시가 들려주는 이야기는 무언가가 애초에 없었다면, 혹은 누군가가 다른 방식으로 존재했다면 없었을지도 모를 이야기를 상상하게 한다. 지금-여기에 부재하는 것은 마치 먼지처럼, 미미하게 존재하는 미지(未知)의 이미지를 통해서만 감각할 수 있지 않은가. 그렇기에 어떤 후회와 어떤 전망은 이현호 시에서 하나의 이미지를 통해서 하나의 서사를 이룬다. 이른바 섬광 같은 것, 나타났다 금방 사라지지만 특별한 잔상을 남기는 것이 이현호 시에서 몇몇 이미지로 간직된다. 그리고 그 이미지라는 것은 역설적으로, 아주 사소하고 미약하기에, 잠깐씩만 존재하기에 사라지지 않을 어떤 이야기에 종속된다.

김나영, 「라이터(writer)의 운명을 생각한다─이현호, 『라이터 좀 빌립시다』(문학동네, 2014)」(《문학동네》 2014년 가을호)

이현호의 시에서 다양하게 구사되는 혼란스러운 진술과 문법 파괴는 복잡 미묘한 마음의 작용을 인상 깊게 표현하려는 고심의 흔적을 담고 있다. 기존의 언어로, 문법에 어긋남이 없는 말로는 다 담을 수 없는 민감한 마음의 상태를 드러내기 위해 그는 수없이 쓰고 지우기를 반복하고 때로는 비문의 파격을 활용하기도 한다. 문법을 깨기 위해서는 역설적으로 문법에 능통해야 하는데, 그의 시에서 능란하게 구사되는 만연체 문장들은 그가 오랫동안 문장과 씨름해온 시인임을 짐작할 수 있게 한다.

이혜원, 「눈부신 불행의 낭만적 풍경─이현호 시집 『아름다웠던 사람의 이름은 혼자』에 대하여」(《시인동네》 2019년 6월호)

K-포엣

비물질

2022년 1월 24일 초판 1쇄 발행

지은이 이현호
펴낸이 김재범
관리 홍희표 박수연
인쇄·제책 굿에그커뮤니케이션
종이 한솔PNS
펴낸곳 (주)아시아
출판등록 2006년 1월 27일 제406-2006-000004호
주소 경기도 파주시 회동길 445
전화 031.944.5058
팩스 070.7611.2505
홈페이지 www.bookasia.org

ISBN 979-11-5662-317-5 (set) | 979-11-5662-580-3 (04810)

K-픽션 한국 젊은 소설

최근에 발표된 단편소설 중 가장 우수하고 흥미로운 작품을 엄선하여 출간하는 〈K-픽션〉은 한국문학의 생생한 현장을 국내외 독자들과 실시간으로 공유하고자 기획되었습니다. 원작의 재미와 품격을 최대한 살린 〈K-픽션〉 시리즈는 매 계절마다 새로운 작품을 선보입니다.